KB089635

불안 주택에 거居하다

황금알 시인선 238

불안 주택에 거居하다

초판발행일 | 2021년 11월 27일

지은이 | 양문정
펴낸곳 | 도서출판 황금알
펴낸이 | 金永馥
주간 | 김영탁
편집실장 | 조경숙
표지디자인 | 칼라박스
주소 | 03088 서울시 종로구 이화장2길 29-3, 104호(동숭동)
전화 | 02)2275-9171
팩스 | 02)2275-9172
이메일 | tibet21@hanmail.net
홈페이지 | http://goldegg21.com
출판등록 | 2003년 03월 26일(제300-2003-230호)

불안 주택에 거居하다

양문정 시집

황금알

지금껏 아둔하고 미련하게 살았다.

그러한 삶을 쓰려니 더욱더 아둔하고 미련하다.

앞으로 남은 날도 별다르지 않으리라.

차 례

1부

2부

3부

4부

1부

내 집 마당의 도마뱀 5

흙바닥에 살을 대고
살아내는 목숨 위로 내리는
햇볕 좋은 날은 마당 귀퉁이
붓꽃들도 실하고 예쁘게 핀다

산막 속 겨우살이
끝내고 돌아와 묵혀둔
텃밭에 호미질하는 봄날
봄바람에 들뜬 손이 자꾸만 헛놀아
흙을 헤집다 돌무더기에 걸린 호미 날이
삐걱이는 소리를 낸다
소리 나지 않게 얌전하게 살 수 없는
나와 불화한 세상이 내는 소리가 저 소리일 것이다
내게 삿대질하며 다가서는 소리에
귀를 모으며 눈부셔 눈을 쉴 수 없는
꽃잎 자리 위보다

남새의 몸으로 현신하여
누군가의 먹이가 되었다가

육신의 일부를 남겼다가 나머지
몸뚱이로 꽃을 피우고 씨앗을
여물이니라 뿌리가 바람에 부풀고
누렇게 시드는 장다리 꽃잎 위에
꼬리를 내리고 노래하겠다

내 집 마당의 도마뱀 10

지나왔던 자리
조급하게
더러는 느릿느릿
때로 잔돌 튀기며
호미 날 지나온 자리
겨우살이 준비로
뿌려진 이파리들의 씨알

서리 곧게 내려앉아
발이 지날 때마다 뽀득이며
무너지는 밭두둑에
한기는 한 겹의 옷을 껴입으며
바람의 칼퀴는 더 날카로워지는
입동 무렵
땅의 흙 위를 기며
사는 것들 모두 집으로 가네

겨울,
앙칼지고 **뻣뻣한**

아침이 찾아와
지난 시절 내내 빗물에 젖어 있던
질흙의 목구멍을 뚫고
비어져 나온 푸성귀들의 몸체가
공양감으로 손에 뽑혀 나오는 찰나,

너,
집을 잃어버렸다.

우주 어느 귀퉁이에 머물든
안녕하시라

안개 산책

물에 몸을 잠그고 사는
이무기, 이무기 같은 것들
마르지 않는 샘물을 찾아 나선다

낮이 되어도 물러섬이 없는
새벽안개의 강변길을 출근복 차림의
실루엣으로 바삐 움직이고
－누구도 가까이 두려 않는 외로움을 길벗 삼아 －
협궤를 떠다닌다.

괴물이 뱉어낸 길은
여기저기 마구 흩어져
각자 다른 속도로 뻗어 나가고
더 빠른 시간의 속력으로 길을
잠식하는 안개
더듬어 찾을 수 없는 출구
돌아갈 수 없는 입구가 하나로 막히고

안개로 통하는 숲 사이에 사뿐히

내어 걸린 벤치에 발을 모으고 앉아
더러는 울기도 했다
그리하여 울음의 눈물로 씻어낸
시야가 잠시 맑아지면,
한 생 동안 익숙했던 모습들이 사라져 가고
새로운 삶으로 눈 뜨려는가
주검의 얼굴로 혹은
분열하는 이별의 세포 분열

바람같이, 겨울 수선水仙

차가운 시절의 둘레에 피어
물 위에 수런대는 그림자
빛없이 흔들리는 볕살 바른 한낮
무거우니,
그림자마저 무거우니

그 곁에 마음을 내려놓아라
그 마음마저 바람에 휘둘리는

진경塵境 1

허름한 무게를 담은 비의 기운이
섞여 있었다
눈꼬리 붉게 얼리며 다가드는
진눈깨비의 투신
우리들 발끝 땅바닥에 내려 스미다

업어 키운 아이들 자라
어른스러워지기 시작한
몇 해 사이
가까운 이들 여럿
지상을 떠나고
그들을 배웅했던
나무 몇 그루 또한 말라 죽었다

몇 번의 죽음이
다녀갈 때마다 속엣말
한 자락 시원스레 못하고
먼 길 떠난 이들의 마음
녹아내리는 겨울
산을 그렇게 올랐다

진경塵境 2

좁은 길 지날 때마다
그 솔가지에
얼굴을 긁혔다

솔가지를 쳐내다가
바람의 혈관을 잘못 건드려
한동안 바람 소리 없는 날들이었다

동티의 시간
늦잠을 깨워줄 이 없다 보니
어디서나
아무 때나
눈이 감겨 견딜 수 없는 졸음에
갇혀 버렸다

　온 세상이
…… 천천히 잠잠한 세상 ……

비탈에 무너지다

늦은 봄 햇발이
저녁으로 옮겨 가는 시간
마을 벗어나
산길로 접어드는 초입
네 마음 깊은 곳에
가닿고 싶었다
볕발에 낯 그을리며
누군가 산집 짓느라
산자락 파내고
되메운 흙 속에 심어 놓은
들나리처럼

내 발이 걸을 수 있을 때까지 걷고 싶었으나
빗물 젖은 비탈에 넘어지며
오르는 등성이 앞에 두고
어둠으로 산이 무너져 버렸다

퍼붓는 비의 연못 2

살 속으로 파고드는
소소리 바람
빈속에 삼키며
물 바닥 치밀어 오르는
개구리 밥풀의
맨드라운 얼굴

콧등에 내려앉는
봄날의 장맛비
그치지 않는 빗물
온몸으로 투신하며
사방으로 뻗어가는
물풀들의 어깨겯기

그들, 손이 아닌
온몸으로
엉켜 있었다

존자 목련

훌훌 털고 지상 밖으로 나가고픈
욕심이 뭉개 거리는 봄 낮
웃자란 그림자의 가지를 잘라 내다가
기어코 둥치째 밀어버렸다
그림자 머물렀던 자리에
정면으로 서다

새삼 차가운 담장을 넘어서며
피어오른 하얀 불꽃,
아귀의 밥그릇 비워 낸 차가운
나무의 그루터기에 주문을 걸다

내 욕심의 문간에 세 들어 사는
것들 모두 물렀거라

얼음, 강

오래 살려 놓은 탓에
사나워져 날뛰는 기억들을
방생하러 나간 강어귀, 몇 굽이 휘어
돌아가는 도중
하류에 미처 닿기도 전에
몹쓸 것들이 얼어버렸다
오래 묵힌 기억의 요절

풀리지 않는
녹지도 않는 물의 뼈, 먼 곳을 향해
촉수를 뻗으며 가라앉기 직전까지
두터워지는 목선 한 척
용골의 뼈마디
어루달래며 새벽으로 가는
어둠 파 들어가고

고여 있는 흐름의 힘줄
도려낸 그 자리에서 바다을 향해
기억의 솔기를 뜯으며 주절거리다

기억이 흘러야 비로소
시간도 가는 것
이물 칸을 비우러 하류로
가는 사이
모든 게 얼어붙었다

폐사지

가는 곳마다
함부로 뱉어놓은 말에 걸려
넘어지곤 하던 저녁 그늘 아래
해탈을 끌어당기던
늙은 뱀 온몸으로 쓸며 간
흙 자리에 벗어 놓은 허물도 녹아들고
흔적마저 사라질까 두려워
눈도 조심스레 쌓이지
경건한 감전

채 흙이 되지 못한 사금파리
깨어질까 봐
입 다물고 내려
쌓이는 눈에
아! 하는 탄성도 입 밖으로 나오다 말고
멈추어선 벌판
부도浮屠 혼자
겨우살이 지난다

기지개 준비하는 복수초 눈꽃이
꺾이어 피가 새지 않게 흘러
지난 얼음의 궤적 더 깊숙한 곳으로 스며들고
닫힌 시간의 틈새에도 새로운 것들은
다시 부서질 채비를 하고 있었다

얼음, 강을 찾아서

섬에서 뭍으로 가는
비행기를 탔다
폭탄 눈이 내려
하루에 몇 번씩 봉쇄되는 활주로를
앞에 두고 새벽부터
다섯 시간을 기다리고
올라탄 비행기에서 다시
서너 시간을 기다렸네

공항역에서
직행버스를 타고 21개의 정류장과
네댓 개의 지하철역을 지나
날은 이미 어두워졌고
찾아온 멀미와 더불어
시내버스를 타고 내려
찬바람 속을 걸어서 다다른 강

얼어붙은 강
그 위로 자꾸만 내려 쌓이며

두께를 더하며 얼어붙는 눈
강을 따라 늘어선 상점들의 불빛도
얼어붙은 길바닥에
나는 부빙처럼 떠 있고
켜켜이 쌓인 강의 얼음 틈서리에
오도 가도 못하는 배 한 척, 나처럼
묶여 있었네

궤적

아침 이슬을 털어내지 못한
거미줄에 매달려 지탱하는
배롱나무 꽃잎은 무겁네

밤새 굶어 허기진 거미의 발은
사냥에 바빠 이슬을 걷어내지 못하고
이미 해가 떠올라
배롱나무 꽃구경에 눈이 먼 이는
가지 사이에 오가며 설킨 거미줄을
미처 보지 못하네

나무 사이를 지나간 모자에
찢어진 거미줄이 나달대고
그중에 일부는 모자에 달라붙었네

그러한 어느 날들 내게 있었네

2부

불안 주택에 거居하다

편안히 녹슬어 가던
온갖 것들이 바이러스가 되어
손바닥에 머물고
내 호흡이 네게 가닿을 때
불면의 잠 길게
기침과 열꽃이 낳은
바람의 사생아
불안 주택의 처마에 깃들어
물결 모양의 속지를 품은
골판지 속에 잠을 설치고
마늘잎에 병이 퍼지고
쓰레기통에 넘쳐나는 비닐봉지
스티로폼 속에서 잠을 찾는
고양이들과 함께 우리는 불길하다

봄 한철 내내
비가 내리고 그치지 않아
그사이에 피어도 주목받지 못하는
저 벚꽃처럼

나는 당신 가까이 갈 수 없다
말소리 뭉개지는
알 수 없는 마스크 속의 표정으로는

빳빳한 시간

혼자서는 돌아눕지도 못하는 낮과
밤의 날들이
100날이 지나간다
가을에 드러누운 채 겨울을 지나고 있다
부동으로 관통하는 시간
흰 벽을 타고 내려오지 못하도록 고개를
왼편으로 돌린다
북쪽 창가에 새들이 지저귀나
창이 높아 새들의 날갯짓 한 번
볼 수 없는 아침, 낮과 저녁과
그리고 다시 그러한 아침과 저녁
날것들은
나의 이웃에 그 집 마당에
여유로운 날갯짓 내려 쉬며
천 리 밖까지 가닿는 호흡을 고르고 있을 것이나
산소 호흡기에 숨결을 맡긴 구순의
어깨는 왼편이 모두 마비되어
눈꺼풀을 들어 올리고 이따금 오른 손가락이나
접어보고 펴 보는 것이 일과의 전부

찾아오는 이 없는 병실에서
그리운 생각마저 한쪽으로 기울고 있다

마비된 천장

힘이 다한
눈동자로는
완고한 천장의 뒤편을 넘볼 수 없다

이따금 찾아와
병상으로 걸어 들어오는
사람도 힘없이
유령처럼 움직여 다니고
길고 긴 시간
해와 달이 하루씩
지나며 낡아오는
목숨의 끝자락에 가르랑거리는 기억

내가 어디에 있다가 여기까지
왔지, 기억들은 어디에 가 있나
기억도 출혈을 앓아 마비가 왔는지
미동도 못 하고 사라져
어디로 갔을까?

눈 한번 깜박임에도
세상은 무겁고

바람 소리

이따금 큰바람이 불어
잠을 설치는 밤이 지날 적에
다음 날 아침은 늦잠을 잤다
멀리서 바람이 몰고 온 빗소리에 젖어
꿈 아닌 꿈으로 이승 밖의 세상을
염탐하던 유령들이
지난밤 창밖에 설왕설래하며
어지러이 제 그림자 속으로 숨던 소리
처마가 길어 해가 들지 않는 집
덩굴에 걸려 흔들리는
기억들은 수십 년의 무게로
땅바닥을 가르며 솟구치고
소심하여 걱정이 많은 나는,
이 세상 모든 소리의 눈치를 보며
쫓겨 다녔다

장화를 벗으며

습지 가까이 있는 밭을 매거나,
거머리 서식하는 미나리꽝에 발을 담그는 날엔,
네가 내 육신의 한 부분
며칠간의 폭설
끄트머리를 물고 늘어지는
한파
그러더니 따뜻한 봄날 같은
날들
차가운 공기는 어디로 가고
이번에는 벼락같은 겨울비가
길게 내린다
사흘 밤낮 멈춤 없이 내린
비는 자잘한 돌멩이들을 얹어 놓은
분속을 파고 들어가 물구멍을 메웠나 보다
플라스틱 분에 물이 고여
잎이 시든 너도부추 뿌리가 둥둥 떠다닌다

겨울비에 익사하는 춥디추운 삶

비 끝나고 짧은 해 머무는 묵정밭
이런 날은 낮잠도 안 오고
집안을 맴도는 것밖에
갈 곳이 없다
미나리 싹 옴지락거리는 소리가 들리는 것 같다
마음이 근질거려 낡은 장화를 꺼내 신는다
밭으로 간대도 딱히 할 일은 없다
게다가
장화를 신고 들어서기엔 밭고랑 흙이
너무 질퍽하고

그래도 봄동은 잘 자랄 것이다
덥석 밭이랑을 밟지는 못하고
바라만 보는 서슬 퍼렇던
쪽파의 이랑에는 폭설이 앉았던 자리에
새로운 움이 돋을 것이다
흰 눈을 능멸하며 자라는 것들은 푸르다

어둠 깊이 얼굴을 묻고

물살 센 여울에서
벌레를 찾던
검은 돌 몇이
날아 새가 되어
하늘로 흩어지고
혼자 된 후 유유히
남겨진 자리를
채워 놓는 일이
살아 가게 했다

네가 아주 잠깐
머물렀다 간 시간
그 후로 오랫동안
네 흔적을 피하여
살아있는 주검의 꿈
멀리 보내지도 못하는

힘없는 겨울의 변두리
어디로 가는지 알 수 없는

차들만 덜그럭대며
달려가고 목이 아프다
먼지바람 뒤에서
목이 멘다

달 위를 걸어가는
내 영혼의 바퀴는
언제쯤 땅 위로 돌아올지
예측할 수 없는
간절기의 빗물에 젖는다

길고 긴
진흙의 늪을 질퍽거리며
지나왔어, 때늦은 사랑 이후
어긋난 계절 두 겨울

산산이 부서진
일상이 제대로 돌아와
천천히 밥을 먹는

그대의 어깨에 울먹이는
비가 내리고
창백한 책상 위에
엎드려 잠에 든다

틈입

폭염에도
가뭄에도 아랑곳없이
바지런히 자리를 넓혀 가는 것들
겨울 한 철 흙 속에 죽은 듯이 누웠다가
봄이 오면 지난해보다
더욱 무성한 무리를 이루어
일어서는 풀들의 불안한 침범
불안을 옆에 접어 두고
그 싹을 자르려고 낫을 가는 사이
서슬이 더욱 푸르러진 푸른 것들
소리 없이 밭이랑과 고랑의 경계를 지우고 들어와
조곤조곤 나에게 타이른다
새처럼 지저귄다

아무렇게나 퍼질러 앉아
허술한 듯 야무진 듯 풀풀풀
뿌리 내리고 발 뻗어가는 바랭이풀

야간주행 4

너를 잃기 전까지는
내가 누군가의 상처이고
외로움임을 헤아리지 못했네
네가 슬피 잠든 시간
마음의 정처를 찾아 나선
어두운 길 위의 질주
멀미를 앓으며 어디를
스쳐 가는지도 모르게
어떻게 지났는지도 기억도 안 나는
혼자 여기저기 들쑤시고 다니던
네가 잠들었을 시간에
네가 외로웠던 시간에
나 또한 외로웠으면서도
서로가 자신만 외로운 줄 알았네
이제 너는 땅속에
몸을 묻어 마르지 않는 그리움
목을 축이러 온 새들이
나의 눈물을 흘끔거리고 있다
꽁꽁 처맨 내 마음이

몇 해를 두고 온종일
네 생각에 묶여 있는 내 마음이
외로운 네게만은 안 보였으면 좋겠다

야간주행 5

딱딱 눈 내리고
밤을 끄러 간다
어둠에 점화된
외로움이 벗이고
먼 사람 찾아간다
어디에도 없는

조심스럽게 다가가는
밤길 조심스레 열리고
뭉클하게 뿌려진
별가루 바닥난 오밤중
아무 데도 없는 사람을
찾으러 나온 이
아무렇지도 않다고

길바닥은
무심하게 얼어붙는다
귀로는 접어놓고
떠난 길에 전조등이 빚어내는

부스러기 불빛 속의 희망
놀랍게 빨리 사라지고
그러면 어떠냐고
아무렇지도 않다고

희망도 잠시 잠깐의
욕망일 뿐이라고
그 누군가도 잠시
마음속에 살고
지나가는 풍경일 거라고
위로하며
발작 같은 지랄병 도진 길
딱딱 눈은 내리고

야간 주행 6

변두리 모퉁이길
마주 오던 오토바이가 속도를
늦추고 지나간다
잠시 떨어진 속도에
조금 더 긴 시간의 밝음으로
다가오던 시야는
다시 어둠

나의 발밑
잠깐의 밝음이었던가 그 불빛
그 불빛처럼
이승의 어느 궤도에서
얼굴을 보았더라, 그대를
잠시 만난 길에서 멀리 떠난 이들
--- 어디로 갔을까?

폐부의 터진 곳을 막아주다 빠져나간
가시 같은 이들이
사라지는 그때는 그때가

잠시의 어둠인 줄 알았다

다시 오는 새벽마다
잠시의 어둠이 아닌
밝음의 시간에 기대어 살 수 있는
시간이 다시 오지 않는다는 걸
너무 늦게 알았다

야간 주행 7

안개가 토해내는
굵은 비의 시간을 버티어내는
마타리꽃 가는 줄기
나를 불러 여기에 왔다
저 생에서 엮어진 타래

가을은 여기까지 왔는가
깊은 산 속의 길
어두워질 무렵부터 설레는
마음을 다독여 두었다가
어둠이 깊어지는 시간을 기다려

저 생에서 약속을 예비하는
시공의 속도로 다니러 왔네

야간 주행 8

(산골짜기에서 들길까지)

비바람에 불려온 얇은 나무의 잎이

차창 앞에 달라붙어 시야를

둘로

나누어 놓았다

먼 시간을 위태롭게 찾아온 너는, 내 마음이

숨 쉴 곳을 모두 차단해 버리고

나는 오로지 네가 마음에 걸리고

그저 너밖에 생각 못 하고

그러나 비켜 달라는 말은 못 하고

침묵 속에서 나는 너에게 조난신호를

연거푸 보내지만,

말이 되어 나올 수 없는 수만 마디,

다닥다닥 이어졌다가

다시 떨어져 나가는, 말이 되어

나오지 못하는,

빠져나오지 못하는 미로,

속에 갇힌 나뭇잎 같은 말들을 풀어주지 못하는,

너와 가는 아득한 밤길

3부

외로이, 또는 외로움 가까이

혼자
밥을 먹고 지낸
날
날들이
듬직한 식량이어서

베란다 화분에
풀포기 앓는 소리도
예사롭지 않게 들린다

거울 속의 사람에게

너를 향한 마음이
어제와 다르지 않기를
다가올 수많은 훗날에도
변함이 없기를

오래된 기왓장에
어느 먼 우주에서 날아온
씨알 하나에
싹이 터서
잎이 자라고
꽃이 피었더니
지금은
다시 새로운
씨앗을 품고 날아갈
시간을 고르고 있는 강아지풀

한해살이 풀잎마저도
저렇게 변하고 사라지는데

가버린 친구에게
— 故 김재윤 시인에게

봄날, 고요히 살다 갔다
희어서 맑은 목련
땅바닥에 드러누울 때도
소리 없이
가라앉힐 앙금도 없이

예배당 골목 담장에 능소화는
푸른 잎 위로 흐드러져
오고 가는 꽃잎들 걱정이 없는데

하얀 꽃잎 흔적은
찾을 수 없이
무성함이 푸른 목련 가지 위에
비가 내려
습기로 꽉 막혀 숨 가쁜 한낮
묏자리로 잡아 놓은 큰 나무 발치

어린 풀들
머리 위로도 비가

스며들어 나무의 발등을 덮어 주고

어쩌다 내가 울적한 날
해든 시간에
벗으로 다시 찾아올지도 모를 한 그루

묵은 잠을 불러들이다

솔기가 헤어지고 닳아
기워볼 수도 없는
허름한 기억을 베고
잠이 들었다

등뼈를 펴고 잠들어 본 적이 없어
굽은 등뼈 마디를
비집고 들어와
잠 속에 비칠거리다 너덜거리는
기억의 벽을 뚫고 터져 나오는 주사酒邪
마을의 누군가 죽어 장례가 있던 날
해거름이면
술에 취해 삽을 들고
고함지르며 여기저기 돌아다니다

동네 어귀 상엿집에서
구덩이를 파 올리던 아버지의 뒷모습이
어릴 적의 잠속에 잠들어 있다

푸른 달개비의 초상

비, 비가 이어지고 이어지던
장맛비 잠시 숨죽인
푸른 하늘 끝
먼바다에서 태풍과 더불어 돌아온
장대비에 굴신하다
거침없이 뻗어가던 무릎의 마디 꺾으며
도로 접으며 푸른 눈망울 껌벅이며
피워낸 꽃송이의 힘에 기대어
저 시오리 도랑까지 기어갈 수 있을까?

온몸으로 기어 흙에 엎대면
젖은 흙의 향기가 살갗에 배어
비에 젖어 불어 터진 진흙창 길 달래며
잇대어 간다.

아득하기만 한 그리움의 끝자락으로
닳아 없어지는 길 위의 하루
밝음도 닳아 발 벗고 발을 쉬고 싶은 시간

활, 쏘다

여태 살면서
팽팽하게 겨누어진 순간이
없었다

오늘,
정수리에서 멈춘 호흡에
눈을 맞추고
보니, 시야가 비었다

드디어 찾던 시간이 온 것인가?

마음을 다해
열심히 바라보면
찾아올 줄 알았던 그것,
간 곳이 없다, 아니
온 곳이 없다

더 헤집어 보면 어디에서 올 것인지도 모르겠다

없어졌다
없었다
없다

찌그러지고 휘어진
시간의 과녁

유채 油菜

오래도록 식어 있던
화덕을 청소하고 나니
앉아 보고 싶은 마음이 나서
불을 피워 놓은
아궁이 앞에 앉아
부지깽이로 불씨를 뒤적인다

구들장까지 가지 못하고
타들어 가는 장작이나 뒤적거리는
부지깽이
내 속의 바닥에 이르지 못하고
가다가 돌아오기를 반복한 내 삶이
겨우내 묵힌 시래기 삶는
솥단지나 뒤적이는 부지깽이를 나무란다

경칩을 지나 찬바람 이는
밖을 등지고 앉은 뒤통수에
봄눈 내리고
그 눈을 녹이며

언 땅에서 솟아오르는
쑥이며 달맞이 풀줄기

봄눈에 더 차가워진
바람 맞으며
저 언덕에 한 치 어긋남 없이
금줄을 쳐놓은
겨울은
네게로 가는 다리를
얼려 버렸다

불출不出

땅에 스스로를 패대기치는
소리
울림에 마음이 끼어
눈 감은 채
종일 방바닥에 등을 대고
빗물 부서지는 소리를 듣게 되는
날들 있었다

이것저것 계산 없이
무턱대고 떨어지는 빗물은
먹빛 지붕을 타고 내려와
추녀 아래 풍경을 흔든다
소리 없는 움직임이
벽지를 타고 내려와 머릿속에
몽타주로 박힌다

꼼짝 못 하고 누워
죽음밖에 기다릴 수 없는
이의 얼굴과

그를 지켜보는 창틀에 쌓인 먼지
창틀에 내려앉아 쌓인 채
삭아가는 먼지 같은 시간

내 곁의 오랜 생

해마다 묵은 가지를
잘라 주어야
이듬해 꽃이 피고 열매를
다는 나무들이 있네

창가에 가지를 드리운
감나무 잎이
하루에 한 마디씩
잎 주름을 늘리는 봄날

낮잠에 들다가
감꽃 냄새를 풍기며
떨어져 내리는 일장춘몽一場春夢
봄날의 개꿈
짧고 짧은 꿈속에
수염을 밀지 않은 꽃잎들
오래도 머물렀네

감나무 밑동에 제 몸을 감고

단잠 자는 구렁이 냄새를 맡고
이따금 강아지 킁킁거리던 위태로운 시간
시간의 지느러미가 균형을 잃고 사라지면
꿈속에 잠시 보았던
꽃잎들의 어깨가 무너지고 있었네

치자꽃과 장마

나무들 푸름을 가르며 오던
바람
숲에서 길을 잃고
어디로 갔을까
더러 사람들도 바람처럼
어디로 가는갑다

바람이 길을 잃고 헤매는
사이
장마가 찾아와 내 얼굴 물기에 썩어 누레지고
쨍하던 향기도 사라져 행방불명
꽃송이는 열매 한 알 달지 못하고
오랜 비에 홀닦이다가
여름으로 떠날 의욕마저 놓아 버렸다

한집에 살던 이들이
하나둘씩 떠나서
깨어진 알처럼 남아있는 이의
마음에도 습기가 들어차더니

무시로 비가 내려서
몇 날이고 향기 없는
여름 아침이 되고
가을까지 비가 내렸다

겨울보행

두메 산이 너무 추웠던가
흰 눈이 천천히 사람 사는 마을까지
쉴 곳을 찾아 내려온다

들에 까부는 검불도
살며시 어루만지며
하산, 그러나
사람살이 세상이 더 춥고 쓰리다

시리디시린 발, 다시 등을
보이며 산으로 간다
천천히 길게 발길을 끌며

눈을 따라 거리로 내려와
헤매이다가 돌아가는,
산길을 걷는 이의
발도 그 눈에 젖다

새가 있는 풍경

꽈리 열매가 익기 시작하는 아침
꽈리밭에서 일찍 일어나 움직이는
벌레를 삼킨
검은 돌 몇 점이
허공에 날아간다

속이 빈 하늘의 창자가 허할까 보아
그 속을 채우려고 날아간다
눈을 가리고 발톱을 버리고

빈 하늘이 그득하다

무기의 새벽

베갯머리에서 얌전히
나를 지켜주던 책들이,
불면의 시간에 동행하여 잠을
끌어모아 잠을 덮어 주던
문자들이 힘을 잃고 있다
나무로 지어 만든 책 속 문자들이
더는 힘을 쓰지 못하고 나자빠지게
된 것은 그들 탓이 아닌
침침해진 나의 안구
시간 속의 동공에 갇혀 지낸 나의 습성
어리석게 나이를 먹는 자의 눈
빡빡해지는 눈을 쉬게 하려고
눈꺼풀을 닫아야 하는 어둠이 길어지고
손가락으로 눈꺼풀을 눌러 주면서 비로소
내가 내 살갗의 촉감을 알게 된다
나를 둘러싼 껍질에 대해 무심함을 반성하다가
요리조리 반성의 막을 뚫고 들어온
무수한 생각거리들이 꼬리를 물고 이어지면서 잠을 밀
어내는

오밤중으로 들어선다

이쯤 되면 생각의 꼬리를 자르는 칼날은 무기가 될 수 없어

생각으로 그치고 말 생각들이

칼날 위에서 춤을 추고

춤추는 시간이 새벽까지 이어지면,

새로 밝을 시간에 일어나 도량을 돌며

유정한 것들 깨우는 노스님의 예불 소리를

들으며 잠이 들겠다

갯바위

이따금
낚시를 다녀간 이들이
흘리고 간 미끼가
순비기꽃들이 피는
나무를 나에게로 유혹하기도 하지

가지런히 어깨를 겯고
밀어오는 물살에
내 생이 깎이고 사라지는 줄을
알았다면 바람이 밀어오는 물살 같은 것을
탐하지 않았을지도 모르지

나도 진즉에
이런저런 사소한 것들을
몇 개만 알고 있었더라면
좋았을 것들이 더러 있었을 터인데
아무도 얘기해 주는 이 없어서
바보처럼 우직하게 살았지 뭔가

눈앞에서 보이고
들리는 것들이, 내가 만져본
바람의 감촉을 그냥 그대로 믿었다가
몇 번의 낭패를 겪고 난 후에야
저기 저 물마루가 나의 미늘이었음을
이제야 알게 된 거지

하지

산밭에 이른
배롱나무 붉은 꽃이
가지 끝에 가벼운 몸짓으로
떠오르면

더없이 붉은 햇발도
흙의 체온을 달구기 시작하여
봄에 심은 푸성귀들은
한줄기 비가 아쉽다

흙먼지를 뒤집어쓴
새들이 몃 감으러 찾아드는
해넘이 무렵
밭매던 자리에서 일어선 뒤에야
스티로폼 상자에 받아 놓은
빗물도 얼마 남지 않은
줄을 알았네

4부

숲으로 가다 1

느리고 나약한
어설프고 굼뜬 평발로 움직이는
걸음걸이가 밑천의 전부이다
어디까지 가면
얼마를 더 걸으면
보일까
무엇을 얻어보리란 계산도 없이
깨닫고자 하는 무엇도 없이
그냥 걸을 뿐
한뎃잠의 틈 사이로
띄엄띄엄 걸어도
쭉정이의 껍데기도 만져보지 못한 날들
어떤 힘을 가지고 나타날지
모르는 너를 기다린 게 아니었네
아이 손톱만 한 크기도 돋은 싹
꽝꽝나무 새순
눈 속에 아로새기며
올라가는 내 일상도
비탈진 시작에서 왔다

숲으로 가다 2

고르지 못한
돌 틈 사이에
뿌리를 묻어놓고
몰래 불 지른 사랑이
한라산 등성이
붉은 억새 꽃불로 번져
번져 가다가
기진하여 허연 머리 풀고
미쳐 버렸다

누군가는 나이 먹은 값으로
곱게 늙는다지만
여태 철 안 드는
사랑 같은 건
몇백 년 깨우친 나무로
기둥을 세운 절집
산문 밖에
부도浮屠 하나도 앉혀두고

어디에도 걸리지 않는
바람의 결로 된 집을
짓고 싶었다

숲으로 가다 3

때죽나무들이
떠날 채비를 하고 있었네
흰 꽃들을 매달았던 가지에
둥근 열매들만 남았네

푸르고 무성하던 이파리들
하나도 남지 않아
나를 쳐다보는 이들의 눈길도
무심해지고

비늘구름이 되어
하늘에 떠다니다
기어이 사라진 그 이파리들

마르고 뒤틀려 가는
둥치를 타고 오르는 담쟁이 무성해지며
새들도 날아간 빈 가지에
새소리도 말라붙었네

숲으로 가다 4

혈관을 타고 흐르는 피가
외로움에 잦아들다 숨이 멎는
소리를 들어 본 적이 있는가

잎이 트고
꽃이 피고
열매 맺던 가지에
아무것도 남지 않을 시간이
오기 전에
떠오르지 않는 이름을 기억해내려
머리를 쥐어짜며
땅거미가 내리는 숲에
살아 움직이는 것들의 소리 들리지 않을 때,
적막이 깊어져
드디어 고요가 땅바닥 깊숙이
닿았을 때,
깃들 차고 날아오르는 것들의 소리

중환자실에서 한겨울을 보내고

이생의 삶을 떨구어 낸
당신이 떠날 때
영혼이 날아오르는 소리
내게로 왔다

화양연화

세상이 얼어붙어
꽃은커녕 풀마저 궁한 날이 있어
찬바람 오는 쪽으로
고개를 돌리면
너 항상 거기에 있었다
삼순구식三旬九食의 파리한 낯빛으로 허덕이며
건너온
각자 다른 시간들의 가난함
누구의 것인지 경계가 뚜렷하지 않은
사연들이 엉켜서 낡아간 묵은 집
그러나 누구보다도 내가
가장 내게서 멀리
떠나 나를 잃고 살았다
산지사방으로 떠돌아다닌 겨우살이
빈 골방에 겨울 저녁 해가 시린 볼따구니를 하고
기어들어 와
언 몸을 녹이고 머물다가는 잠시,
그 빛이 머물렀던 버려둔 그 집,
거기에 너만 두고 떠나 왔다

자폐를 앓는 사람들을 위한 연가

버려진 벌판에
우두커니 서 있다
해가 중천에 올라 눈이
부셔야 부스스 일어나는
일상의 빈둥거리는 집 하나

절름발이 의자에 걸쳐 놓은
모자는 현관 밖으로 나가 보지 못하고
낡아가다가 주인을 못 만나 버려질지도
– 용건 있으면 메시지 남겨 주세요–

비가 와도 젖을걸
모르는 그, 마당에 말라가던
빨래가 그냥 젖고 있다
마르고 도로 젖는 반복
  (널 미워해, 미안해, 사랑해, 미안해)

안으로만 파고드는
삶이 상처투성이라는

것을, 시들고 다시 싹트는
풀 한 포기임을 몰랐던,
그래서 늘 젖어 있던
 (미워하는) 널 사랑해

맑은 날에도 검은 지붕을
쓰고 오랜 잠복기를 지닌
우울에 갇혀 창마저
벽으로 이어 붙여 열 줄 모르는
봄날……봄날

딱하기 짝이 없는
문지방을 넘어서지 못하는
각자의 방, 말라붙은 꽃들이
빛을 잃은 채 벽에 걸려
곰팡이를 바짝 끌어안고
숨결을 주고받는
벽지에 햇빛이 빛을 쏘아주기를

집에서 서로에게 할퀴우고
긁히면서 저 만큼씩 낡아가는
그림자 같은 집들이 한 채

소금밭

치욕을 참지 못하는 때가 오거나
나약한 생활이 비굴하다 여겨질 때는
애월 구엄리 바닷가에
드러누워 너럭바위가 되리라
가을 하늘 구름 나의 창자에
고인 물에 되비쳐 맑게 번지는
바람 좋은 날
짜디짠 바닷물에 절여진
거북이 등거죽
돌덩이 가슴에
금이 간 자리
찰흙으로 메워
둘레가 생기면
가난한 살림에
챙겨 보낼 것 없는
비바리 시집살이
가슴 안쪽 헐어 터진
자리마다 소금꽃
소금꽃 하얗게 말라

종일 볕에 뒹굴어도
바스러지지 않는
꽃으로 내게 가닿으리라

바람의 문

머릿속에
깃들어 살던 것들이
모두 빠져나간 다음

소란스러워진
대적광전
너무나 많은 것들이
밀려 들어와
그들과 더불어 두 손 모으고 절하는 밤이
자리를 잃었다

아마도 내가 뱉어낸 말들이
모두 다시 돌아와
마음의 갈피갈피
허접쓰레기 산이 생겨서
생각이 한 걸음 움직일 때마다
구름먼지 같은 말의 무게에 눌려
잠을 이루지 못하는 밤이 오고

헛된 말에 발이 걸려
떠나지 못하고
멈칫거리는 중창을 바람이 두들겨
고요는 다시 가라앉았다

밤바람

한 때였던가
아니면 늘 그리웠던가
출가를 꿈꾸었으나
바람으로 끝나
세간에 깃들어 사는 이
중창이 덜컹거릴 때마다
나를 흔드는 바람 소리를 견뎌야 하는
눈 질끈 감고 넘어서야 하는
시간들이 있다

이미 쌓아 놓은 게 많은가
여기까지 이때껏 나를 밀어온 것들을
두고 빈손으로 떠나는 길이 두려워
산을 향하여 자라는 풀들도 뽑지 못했다

어깨 굽은 호미를 들고
무릎을 굽히고 왼손에 머리채를 잡혀
송두리째 뽑히는
풀들의 생애

그들의 등뼈도 나와 다르지 않았을 터인데
발붙이고 선 그 자리에서
무언가 하나는 이루고 싶었을 터인데

절하는 밤

마음이 웅성거려
이도 저도 못하는 겨울
마룻바닥에 이마를 대고
팔을 뻗어 무릎을 대면
마음을 다잡는 길을 알 수 있을까
상념의 바닥까지 가닿을 수 있을까

돌탑 위에
바람 고요히 쌓이는
대적광전大寂光殿
고요의 언저리라도 밟아보고 싶은
내 속이 가장 시끄럽고 번잡한 저잣거리
저잣거리를 품어 안은 가장 깊은
고요의 바닥에서
절을 하노라면
내 마음 먼 곳에서부터
먹구렁이 닮은 괴물들이
줄줄이 기어 나와
어슬렁거리고

종내는 발톱을 들어 설산을 파헤치며
물을 찾아 기웃거리고

발톱 지난 자리마다
크레바스가 들어차
동이 틀 때까지 잠들지 못하는
별은 시린 발로
서리를 밟으며
내 속의 균열을 메우고 있다

굼벵이

뜨거운 볕에 호미질하기에는
머리가 어지럽고 더위에 버거운
시간들 와서
아침저녁으로 텃밭을 보러 가지

농약이나 비료에 찌든 푸성귀 아닌
덜 오염된 날것을 먹으리라는
욕심에 가득해서 손아귀에 힘주어
이랑을 만들고 풀을 뽑고
더러는 흙을 돋우어 북을 올려 주기도 하지

흙 속에 뿌리를 묻은 것들을
주저 없이 뽑아내고 저 먹을 수 있는 것만
키울 욕심에 손이 바쁘다
흙 속에 온몸을 묻고 사는 굼벵이가
더러 호미 끝에 찍혀 나오면
그놈을 제대로 묻어준 적은 한 번도 없지
온몸으로 흙을 파먹고 살아
희디흰 몸뚱이 끄트머리에

흙으로 채워진 맑은 굼벵이의 몸
호미에 찔려죽은 굼벵이를
햇볕 쨍쨍 뜨거운 돌 위에 올려놓고
아무렇지 않게 자리를 옮겨 풀을 뽑으면
굼벵이에게 제 몸 내어주던 푸성귀가
땅을 치며 울었다

한식

눈빛이 흰, 찔레꽃 닮은 사람
저 섬 같은 산속에 집을 지어서
가끔 그리로 보러 간다
산길은 멀고 험하여
이따금 땀방울이 눈을 찌르고
엉겅퀴 가시가 발목에 따가운 4월의 햇볕

사람이 사는 마을과 깊은 두메 사이
어느 어름 봄볕이 쉬다가는 결에
산새 떼도 더불어 졸고 있는 봄날,
졸음을 털어내듯 그대도 봄꿈에 취해서
이생에 오기 전부터 악착같이 따라붙던
운명을 짚어보고 있을까

바다 위 고통의 작은 섬을 보는 시인의
우울한 심리
— 양문정 시집 『불안 주택에 거居하다』

호 병 탁(문학평론가)

1

나는 시인을 만난 일이 없다. 또한 시인에 대한 구체
적인 전기적 사실도 아는 바가 없다. 원고 말미에 붙인
간단한 이력, 즉 1964년 서귀포 출생, 2002년 『심상』으
로 등단, 2015년 첫 시집 『모로 누운 바다』를 상재했다는
것이 내가 아는 전부다. 작품과 작가의 삶에 대한 상호
조명을 통해 작품해석에 접근할 때 우리는 의외로 많은
숨어 있는 의미의 계시를 읽어낼 수 있다. 그러나 내가
시인에 대해 아는 전기적 정보는 위에서 말한 세 가지밖
에는 없다.

그럼에도 나는 오히려 아무런 선입견 없는 객관적 시
각으로 작품을 대할 수 있고, 오직 자신만의 비평적 설

득력에 의해 독자와 함께 작품을 향유할 수 있는 기회로
생각하고 독서를 시작한다.

    편안히 녹슬어 가던
    온갖 것들이 바이러스가 되어
    손바닥에 머물고
    내 호흡이 네게 가닿을 때
    불면의 잠 길게
    기침과 열꽃이 낳은
    바람의 사생아
    불안 주택의 처마에 깃들어
    물결 모양의 속지를 품은
    골판지 속에 잠을 설치고
    마늘잎에 병이 퍼지고
    쓰레기통에 넘쳐나는 비닐봉지
    스티로폼 속에서 잠을 찾는
    고양이들과 함께 우리는 불길하다

    봄 한철 내내
    비가 내리고 그치지 않아
    그사이에 피어도 주목받지 못하는
    저 벚꽃처럼
    나는 당신 가까이 갈 수 없다
    말소리 뭉개지는
    알 수 없는 마스크 속의 표정으로는
                            -「불안 주택에 거居하다」 전문

102

위 인용된 작품은 이번 시집의 표제작이기도 하다. 그만큼 시인의 전체적 시세계의 성향을 가늠하는 지표가 된다고 볼 수 있다. 그런데 이 시제는 2015년 첫 시집 『모로 누운 바다』와의 연관성이 느껴짐이 어쩔 수 없다. '모로 눕다'라는 말은 편안하게 위를 보고 누운 상태가 아니라 모서리나 측면으로 누운, 무언가 불편하게 누운 상태로 인식된다. 언제나 수평선 위의 가없는 하늘을 보며 편안하게 누워있는 바다를 '모로 누운 바다'로 인식한다면 이는 화자의 내적 심리에서 기인할 것이다. 그런데 이번 시집 제목은 『불안 주택에 거居하다』이다. 어떤 '주택'이기에 마음이 편하지 않고 뒤숭숭하기만 한 것인가. 여하튼 둘 다 불편한 심리적 기제가 작동하고 있다는 공통점이 있다.

"편안히 녹슬어 가던/ 온갖 것들"은 결국 먼지가 되어 사라지고 만다는 것이 우리의 통상적인 생각이다. 그러나 화자는 그것들은 "바이러스가 되어" 우리 손바닥에 머물고 있다고 느낀다. 과학적으로 엄밀하게 따지면 얼마든지 그럴 수 있다. '바이러스'의 사전적 정의는 '보통의 현미경으로는 볼 수 없을 정도의 극히 작은 미생물'을 말한다. 우리는 이 작은 놈들을 음식을 썩게 하고 병을 옮기는 더럽고 위험한 존재로 인식한다. 그러나 실상 이 작은 놈들이 없었다면 온 세상이 사체와 배설물로 덮일 것이다. 김치, 젓갈, 된장 같은 발효식품도 없을 것이다. 자정능력을 상실한 강물은 온갖 더러운 것들을 품은 채

흐를 것이다. 이놈들이 땅속에서 만드는 무기물을 뿌리로 흡수해 성장하는 모든 녹색식물도 생산을 멈출 것이다. 결국 지구는 죽은 별이 될 것이다. 그런데 말이다. 우리가 이런 '미생물'을 같은 의미지만 '바이러스'라고 발화할 때 그것은 악성의 병을 옮기는 유행성 병원체라는 느낌이 강하게 든다. 대표적인 예로 우리가 마스크를 쓰고 살게 만든 바이러스 같은 경우가 될 것이다.

이런 바이러스는 "내 호흡이 네게 가닿을 때" "기침과 열꽃"을 만들어 "불면의 잠"을 야기한다. 이어 화자는 "불안 주택"을 "물결 모양의 속지를 품은/ 골판지 속"이라고 표현하고 이곳이 바로 우리가 불면으로 잠을 설치는 곳이라고 말한다. '불안 주택' 안뿐이 아니다. 바이러스는 '마늘잎에도 병'이 퍼지게 하고 '쓰레기통에 비닐봉지'가 넘쳐나게 만든다. 또한 고양이가 "스티로폼서 잠을" 찾게 만든다. 여기서 '스티로폼Styrofoam'이란 어휘가 특별히 눈에 뜨이는데 이는 '작은 기포를 무수히 지닌 합성수지'로 단열·포장·흡음吸音·장식재료 등으로 널리 쓰이고 있는바 실상 우리는 이 합성수지 속에 살고 있다고 해도 과언이 아니다. 그런데 이 어휘는 "골판지"와 공통점을 갖고 있음이 인지된다. 물건의 포장박스를 살펴보면 판지 사이에 골이 진 얇은 물체를 발견할 수 있다. 바로 '골판지'다. 현대는 택배 시대라고 해도 과언이 아니다. 주문한 어떤 물건도 골판지나 혹은 스티로폼으로 만든 박스에 담겨 배달된다. 앞서 본 것처럼 화자는 "불안 주택"을 "골판지 속"이라고 말하고 있다. 우리는 골판지 안에서 "불면의 잠"을 설치고 마찬가지로 고양이는 스티로폼 안에서 잠을 설치고 있는 것이다. 결국 화자의 이런 발화는 심리적으로 '모로 누운 잠자리'처럼 마음 편하지 못한 상태에서 현대의 우리가 거하고 있다는 인식을 표출하고 있음에 다름 아니다.

연이 바뀌고 봄비와 벚꽃이 등장한다. 봄바람이 불어야 꽃이 피고 봄비가 내려야 그 꽃은 더 곱고 화려해진다. 서정적인 분위기가 될 듯하다. 그러나 "봄 한철 내내/ 비가 내리고 그치지 않"으면 경우가 완전히 달라진다. 이때 핀 '벚꽃'은 누구에게도 "주목받지" 못한다.

그런데 그치지 않고 내리는 비에 "주목받지 못하는" 벚꽃은 '처럼'이라는 부사격 조사가 붙으며 "나는 당신 가까이 갈 수 없다"라는 사실을 비유하고 있다. 작품에서 첫 번째 등장하는 비유다. 젖은 벚꽃이 어디를 가겠는가. 땅에 떨어지면 그만이다. 봄이라는 좋은 계절에도 그것을 느끼는 시인의 불편한 심리적 기제는 여전하다.

그런데 작품의 마지막 부분에서 당신에게 가까이 가고 싶어도 갈 수 없는 이유가 또 다른 메타포 덩어리로 표출되고 있다. "말소리 뭉개지는/ 알 수 없는 마스크 속의 표정"이다. 그렇다. '마스크' 속에서는 말도 제대로 전달이 안 될뿐더러 마음속 감정·정서가 나타난 얼굴의 '표정'도 읽어낼 수가 없다. 작품에서 '마스크'라는 어휘는 단 한 번 나타나지만 이것은 첫째 연 내용과 함께 연결되며 작품 전체의 이해에 결정적인 지표가 되고 있다.

우리는 몇 년째 팬데믹pandemic 현상 속에서 살아왔고 그것은 아직도 진행형이다. 실상 거리두기를 통해 "나는 당신 가까이 갈 수" 없는 것이 우리의 일상이었다. 또한 해가 바뀌어도 마스크를 써왔고 아직도 여전히 쓰고 있다. 시인은 이 어휘 하나를 통해 우리가 부대끼고 있는 사회현실을 적확하게 표현하고 있다. 작품이 제시하는 것은 교훈도, 가르침도, 추상적 사고도 아니다. 그것은 '공감의 공유'라고 할 수 있다. 또한 그것은 '마스크'라는 매개물을 통해 지금도 우리가 체험하는 '경험의 교환'이 라고도 볼 수 있다.

2

시인의 불안한 심리적 기제는 다음 작품에서 한층 그 수위를 높인다.

힘이 다한
눈동자로는
완고한 천장의 뒤편을 넘볼 수 없다

이따금 찾아와
병상으로 걸어 들어오는

사람도 힘없이
유령처럼 움직여 다니고
길고 긴 시간
해와 달이 하루씩
지나며 낡아오는
목숨의 끝자락에 가르랑거리는 기억

내가 어디에 있다가 여기까지
왔지, 기억들은 어디에 가 있나
기억도 출혈을 앓아 마비가 왔는지
미동도 못 하고 사라져
어디로 갔을까?

눈 한번 깜박임에도
세상은 무겁고

— 「마비된 천장」 전문

작품은 4연으로 구성되어 있다. 첫 연의 첫째 문장이 "힘이 다한/ 눈동자"다. 벌써 우리는 어둡고 무거운 분위기가 작품에 감돌고 있음을 느낀다. "완고한 천장의 뒤편"에는 무엇이 있을까. 화자도 독자도 알 수 없다. 그럼에도 우리는 '힘이 다한 눈'이 그 "뒤편을 넘볼 수 없다"는 것은 충분히 있을 수 있는 일이라고 수긍하며 다음 연으로 시선을 향한다.

둘째 연은 어떤 병실의 정황을 첫 연에 비해서는 약간

구체적으로 묘사되고 있다. 이곳 병상을 "이따금 찾아" 오는 사람은 "유령처럼" 힘없이 움직여 다닌다. 그러하니 누워있는 환자는 오죽할 것인가. 마치 "낡아오는/ 목숨의 끝자락"에 길고 긴 하루를 "가르랑거리는" 것과도 같이 버티고 있을 뿐이다.

그런데 이어지는 연에서 환자는 "내가 어디에 있다가 여기까지" 왔는지 기억을 하지 못한다. 그는 "출혈을 앓아 마비가" 왔었다. 기억도 그 '출혈과 마비'로 인해 사라져 버린 모양이다. 기억은 "어디로 갔을까?" 도무지 알수가 없다.

마지막 연은 "눈 한번 깜박임에도/ 세상은 무겁고"이다. 그럴 만도 하다. 힘이 다한 눈동자는 눈 깜박이는 것도 가벼울 수 없을 것이다. 그런데 여기서의 '–고'라는 접속부사는 뒤에 연결되는 문장이 있을 것임을 강력히 시사한다. 그런데 시인은 완결되지 못한 문장을 그대로 남겨 놓은 채 작품의 매듭을 묶고 만다.

시는 끝났다. 그러나 우리는 명확하게 성공적 독서를 완결한 느낌이 들지 않는다.

작품은 어렵지 않다. 시인이 견인하는 어휘들이나 구사하는 문장의 어법은 구체적이고 정확한 편이다. 그럼에도 우리는 각 연 사이의 유기적 객관성에 의문을 갖게 되고 이는 명확한 독해에 어려움을 느끼게 된다. 첫 연에 한 번 등장하는 "완고한 천장의 뒤편"의 정확한 의미는 무엇이며 이는 다음 연들과 어떤 연결고리를 갖는 것인가. 둘째 연의 "목숨의 끝자락에 가르랑거리는 기억"
과 셋째 연의 "기억도 출혈을 앓아 마비가 왔는지"라는
강력한 심상을 지닌 두 문장은 그래도 의미의 유추가 가
능한 '기억'이라는 어휘를 공유하고 있다. 그러나 마지막
연의 "세상은 무겁고"라는 갑작스런 문장은 객관적 언어
의 연결에 따른 의미의 창출에 다시 걸림돌이 되고 있다.

　작품을 다시 정독해 본다. 그런데 첫째 연과 마지막
연에서 의외의 해석의 연결고리가 발견된다. 즉 첫 연의
"힘이 다한/ 눈동자"와 끝 연의 "눈 한번 깜박"이는데도
"세상은 무겁"다는 부분이다. 맞다. 그런 눈은 깜박거리
는 것조차 힘들 것이고 당연히 무거움을 느낄 수밖에 없
다. 그렇다면 어찌하여 눈 깜박이는 일에도 세상이 무겁
게만 느껴지는지 둘째, 셋째 연에서 그 이유를 찾아내면
독해의 물꼬는 트일 것이다.

　이미 언급한 바와 같이 둘째 연에는 "목숨의 끝자락에
가르랑거리는 기억"과 셋째 연에는 "기억도 출혈을 앓아
마비가 왔는지"라는 강력한 심상을 지닌 문장이 등장한
다. 둘 다 질병과 관련이 있는 참담한 상황이 아닐 수 없
다. 질병에는 갖가지가 있다. 그런데 우리는 앞의 시에
서 "내 호흡이 네게 가닿을 때" 불면의 잠과 함께 "기침
과 열꽃"을 낳는다는 구절을 상기하게 된다. 이 시에도
'출혈'이나 '마비'와 같은 병의 증세를 나타내는 어휘들이
있다. 우리는 여기서 커다란 공통점을 발견한다. '출혈',
'마비', '기침', '열꽃' 등은 모두 우리가 마스크를 써야만

했던 지랄 같은 세계적 유행병의 전형적 증세들이다. 이제 작품해석의 실마리가 풀린다.

셋째 연에서 화자는 내 "기억들은 어디에 가 있나"라며 한탄하고 있다. 그런데 이 유행병은 "내 호흡이 네게 가닿을 때"의 경우와 같이 공기를 통해 옮겨진다. 투명한 공기는 언제, 어디에도 존재한다. 첫 연의 "완고한 천장의 뒤편"에도 존재한다. 그러나 우리의 눈으로는 "볼 수 없다." 이러하니 이 공기 속의 미세한 바이러스는 언제, "어디에 있다가" 우리를 감염시켜 병실 "여기까지"와 누워있게 만든 것인지 '기억'할 수 없는 것이 당연한 일 아닌가.

이제 마지막 연의 "눈 한번 깜박임에도/ 세상은 무겁고"라는 완결되지 못한 문장도 설득력 있게 다가온다. "목숨의 끝자락에 가르랑거리는" 사람이 무슨 할 말이 그렇게 많을 것인가. 세상이 다 무겁게만 느껴질 뿐이다.

이 시에서 한 가지 꼭 주목할 점이 있다. 그것은 시인이 '코로나'라는 직설적이고 구체적인 단어를 단 한 번도 사용하지 않고 있다는 점이다. 의도적인 것 같다. 대신 "내 호흡이 네게 가닿을 때"와 같이 유행병의 감염경로를 말함으로 이 단어를 대신한다. 첫 번째 시에서도 단 한 번 '마스크'라는 어휘를 사용함으로 이 유행병을 적확하게 나타내고 있다. 필자도 시인을 따라 이 글에서 '팬데믹'이니 '지랄 같은 세계적 유행병'이라는 말은 썼지만 이 단어를 사용하지는 않았다. 시인의 솜씨가 대단하다.

3

앞의 두 작품은 전체적으로 우울한 정조다. 아직도 우리는 여전히 마스크를 쓰고 있고 쉽게 "당신 가까이 갈 수"도 없다. 그런데 이름을 듣기만 해도 화사한 느낌이 드는 '유채'라는 작품이 갑자기 눈에 띈다. '유채'는 노란 색의 꽃이 피며, 종자는 기름으로 많이 쓰이는 식물이다. 그래서 이름도 '유채油菜'가 아닌가. 이 꽃이 군락을 이루어 피면 저절로 탄성이 터져 나올 정도의 아름다운 장관을 이룬다. 전국적으로 볼 수 있지만 특히 시인의 고향인 제주도의 드넓은 유채 꽃밭이 유명하다. 그러면 이제 「유채」를 독서해보자.

오래도록 식어 있던
화덕을 청소하고 나니
앉아 보고 싶은 마음이 나서
불을 피워 놓은
아궁이 앞에 앉아
부지깽이로 불씨를 뒤적인다

구들장까지 가지 못하고
타들어 가는 장작이나 뒤적거리는
부지깽이
내 속의 바닥에 이르지 못하고
가다가 돌아오기를 반복한 내 삶이

겨우내 묵힌 시래기 삶는
솥단지나 뒤적이는 부지깽이를 나무란다

경칩을 지나 찬바람 이는
밖을 등지고 앉은 뒤통수에
봄눈 내리고
그 눈을 녹이며
언 땅에서 솟아오르는
쑥이며 달맞이 풀줄기

봄눈에 더 차가워진
바람 맞으며
저 언덕에 한 치 어긋남 없이
금줄을 쳐놓은
겨울은
네게로 가는 다리를
얼려 버렸다

－「유채油菜」전문

첫 연과 둘째 연에서는 화자의 모습이 구체적으로 선연하게 드러난다. "오래도록 식어 있던/ 화덕을 청소하고" 나서 화자는 "불을 피워 놓은/ 아궁이 앞에 앉아/ 부지깽이로 불씨를 뒤적"이고 있다. '차디차던 화덕'에 따뜻한 불을 피우는 것이 머지않아 유채꽃 화사한 봄을 맞고자 하는 마음이나 진배없다. 우리도 우울한 정조가 가신 작품 내용을 기대하며 가벼운 마음으로 다음 연으로 시선을 옮긴다.

그런데, 그런데 말이다. 불씨를 뒤적이는 '부지깽이'에 갑자기 화자의 불편한 사유가 꽂힌다. 부지깽이는 불 땔 때, 불을 헤치거나 끌어내거나 하는 데 쓰는 '막대기'다. 이 막대기는 구들장, 즉 방고래 위에 놓아 방바닥을 만드는 깊은 곳까지는 도달하지 못한다. 화자는 이것을 "구들장까지 가지 못하고/ 타들어 가는 장작이나 뒤적거리는" 것이고 나아가 "겨우내 묵힌 시래기 삶는/ 솥단지나 뒤적이는" 하찮은 것이라고 불편한 속내를 드러낸다. 그리고 놀랍게도 이 부지깽이를 "내 속의 바닥에 이르지 못하고/ 가다가 돌아오기를 반복한 내 삶"과도 같다고 자신과 비유하고 있다. 도대체 어떠한 삶이었기에 화자는 스스로 소기의 목적을 이루지 못하고 가다가 되돌아오기 만하는 삶이라고 말하는 것인가. '겨우내' 묵은 시래기를 삶는다는 것이 확실히 계절은 유채꽃 피는 봄도 머지않은 시기다. 그런데 왜 봄의 '희망' 대신 가다 오기를 반복하는 삶의 '절망'과 빗대며 화자는 부지깽이를 나무라고 있는 것인가. 시의 정조는 다시 어두워지고 만다.

셋째 연에서 화자는 "경칩을 지나 찬바람 이는/ 밖을 등지고" 앉아있다. '경칩'이면 겨울잠 자던 개구리가 깨어난다는 절기다. "봄눈 녹이며 언 땅에서" 풀들이 솟아오르고 있다. 그런데 어찌하여 화자는 "밖을 등지고" 앉아있는 것인가. 아직도 찬 겨울바람 탓인가.

마지막 연에서는 화자의 여실한 내적 심사가 표출된다. "봄눈에 더 차가워진/ 바람"을 맞는 화자에게 겨울은 "한 치 어긋남 없이/ 금줄"을 쳐놓고 여전히 물러설 줄을 모른다. 그리하여 "겨울은/ 네게로 가는 다리를/ 얼려 버렸다."고 한탄의 발화가 터지며 작품은 마감된다.

나는 이 작품을 독서하며 몇 가지 질문을 던졌다. 화덕을 청소하고 불을 피우며 환한 유채꽃 봄을 맞으려 했던 화자는 왜 자기가 들고 있는 부지깽이를 장작이나 뒤적이는 하찮은 것으로 간주하며 가다 오기를 반복하기만 하는 삶과 비교하고 있는가. 왜 봄의 희망 대신 삶의 절망을 보고 있는가. 왜 언 땅에서 풀들이 솟아오르고 있는데 화자는 그것들과 등지고 앉아있는가. 결정적인 것은 "네게로 가는 다리"가 '얼어버렸다'는 작품의 마지막 문장이다. "네게로 가는" 것이 "당신 가까이 가는" 것이다. 그렇다면 이 문장은 첫째 작품의 "나는 당신 가까이 갈 수 없다."라는 문장과 같은 의미의 말이 된다. '상호텍스트성'의 문제가 거론될 수 있지만, 이는 후에 다시 논의하기로 하고 왜 작품은 '네게로 가는' 유채의 봄과 같은 '환한' 정조가 되지 못하고 결국 '네게로 가지도 못하는' 얼어붙은 겨울 다리의 '어두운' 정조로 머물고 말아야 하는 것인가.

위의 몇 가지 질문은 이 작품에만 국한되는 것이 아니

다. 대개의 양문정의 작품들은 균질성을 보이는데 그 대표적인 것은 앞서도 언급한 바와 같이 불편한 심리적 기제가 작동하고 있다는 점이다. 위 세 작품이 모두 그러하고 외에도 그런 예는 다수가 있다. 한 예로 「활, 쏘다」 같은 작품에서 시인은 "여태 살면서/ 팽팽하게 겨누어진 순간이/ 없었다."라고 말하며 "마음을 다해/ 열심히 바라보면/ 찾아올 줄 알았던 그것,/ 간 곳이 없다. 아니/ 온 곳이 없다."고 실토하고 있다. 이 말은 「유채」에서의 "내 속의 바닥에 이르지 못하고/ 가다가 돌아오기를 반복한 내 삶"이란 말과 동격을 이룬다. 간 곳도 온 곳도 없다면 가다가 되돌아오기 만하는 삶이나 매일반 아닌가. 이런 어두운 정조의 발화가 왜 계속되는 것인지 생각해 볼 필요가 있다.

4

작품 세 개만을 독서했지만 우리는 공통적으로 시인의 불편한 심리적 기제가 작동하고 있음을 발견할 수 있었다. 그렇다면 어떤 텍스트가 다른 텍스트를 인용하거나 변형시켜 서로 관련을 맺는 '상호텍스트성'을 갖고 있다고 할 수 있다. 즉 시적 배경과 상황은 다르지만 작품들은 현대시의 핵심적인 지배소의 하나라고 할 수 있는 상호텍스트성으로 서로 연계되고 있는 것이다. 이미 본 것처럼 첫째 작품에서 "내 호흡이 네게 가닿을 때" "기침과 열꽃"을 낳는다는 문장은 둘째 작품의 "출혈을 앓아 마비가 왔는지'라는 유행병의 증세와 공통의 이미지로 자연스럽게 손을 잡는다. 그 결과 첫째 작품의 "나는 당신 가까이 갈 수 없다."라는 발화가 터지게 되고 이는 다시 셋째 작품의 "겨울은/ 네게로 가는 다리를/ 얼려 버렸다."라는 발화와 정확하게 연계되고 있다. 이런 상호텍스트성은 텍스트 간의 관련뿐 아니라 넓은 의미에서 일반 현실문제 전반으로 확대된다. 즉 세 작품은 모두가 우리가 현실에서 부대끼는 아픈 세상의 정황을 끄집어내고 있는 것이다. 이런 현상은 다른 작품에서도 얼마든지 볼 수 있다.

　가끔 선線적인 언어의 일관성이 흩어짐으로 우리는 독해의 어려움을 느낀 바 있다. 그러나 양문정의 작품은 현대의 전위적 시편들과는 전혀 궤도를 달리한다. 어휘들은 사전적 정의로 명확히 풀이되고 문장은 통사적, 지시적 관계를 벗어나지 않는다. 절대로 요령부득의 전위적 시와는 거리가 멀다. 특히 시인이 구사하고 있는 아궁이, 부지깽이, 구들장, 솥단지와 같은 말들은 지금은 사라져가는 얼마나 정겹고 귀한 말들인가. "겨우내 묵힌 시래기"와 같은 말은 얼마나 감각적 심상을 지닌 말인가. 실상 시인의 글쓰기 스타일은 내면의 사유와 그 미묘한 파동을 심미적으로 그려내기 위해 면밀한 의도와 기획 안에서 채택된 것으로 본다. 그리하여 자신만의 독

창적 문체를 최대한 밀어붙이고 있는 것이 아닌가.

작품에 전반적으로 나타나는 시인의 우울한 정조에서 나는 '제대로 사고하지 못하면서 아프지 않은 것보다는 아픔의 고통 속에서 명석한 사고를 아는 것이 낫다'는 프로이트의 말을 상기한다. 심리분석의 원조이자 대가인 그는 67세에 암이 발생하여 87세에 세상을 뜨기까지 진통제를 거부하며 고통스런 투병생활을 하였다. 그는 이 기간 자신의 세계를 '무관심의 바다 위에 떠 있는 조그만 고통의 섬'이라고 묘사하였는데, 이는 그의 '견인堅忍주의'적 삶과 함께 어떤 '비극적 위엄'처럼 다가온다. 나는 굳이 그의 정신분석학을 견인해 작품을 분석하고 싶은 생각은 없다. 그러나 프로이트 개인의 삶과 함께 인간본성의 숨겨진 부분을 들어내고, 그것의 가시적인 것과의 대립을 표출하고 있다는 점에서 시인의 우울한 정조는 설명되었다고 본다. 또한 그것은 새로운 삶과 문학의 방향을 부단히 모색하고 있는 몸짓에 다름 아니라는 사실 역시 인정하고자 한다.

계속되는 건필을 기대한다.

황금알 시인선